ICH KAM MIR VOR WIE IN EINEM MANGA.

NIIICHT, DAS KITZELT!

ACH, IST DOCH OKAY.

HA, HA! IDIOT.

LASS DAS!

HÄ ...?

ECHT ...

ALS ICH ZU MEINER FREUNDIN KAM ...

HUI ...

ER-TAPPT ...

WIE? WAS?

... ERWISCHTE ICH SIE BEIM FREMDGEHEN.

WAS GEHT HIER AB?!

TUT
MIR LEID.

ACH, IST
BESSER
SO.

HAH ...

MENNO,
DAS NERVT ...
DANN IST ES
EBEN AUS.
MEINETWEGEN.
ICH BIN AUCH
OHNE DICH NICHT
MÄNNERLOS.

EINER
WENIGER
JUCKT
MICH NICHT
GROSS.

...

ICH BIN EH
NUR MIT DIR
ZUSAMMEN,
WEIL DU
GESAGT HAST,
DU LIEBST
MICH.

ABER
VOR LAUTER
ARBEIT HAST
DU MICH IN
LETZTER ZEIT
TOTAL VER-
NACHLÄSSIGT,
TAMOTSU.
ICH WAR
EINSAM ...

ICH HAB
DIE SCHNAUZE
VOLL. MACHEN
WIR SCHLUSS.

UAH!

ガ
チャ
CATSCHACK

UFF...

DA BIN ICH
ABER FROH!
ICH HATTE
SCHON ANGST,
ES IST
NIEMAND DA.

JETZT
BIN ICH ER-
LEICHTERT.

ÄH,
VERZEI-
HUNG ...

...

WAS?

WER
BIST
DU?

ALSO ICH, ÄH ... ICH BIN DER CALLBOY, DEN DU TELEFONISCH BESTELLT HAST.

WISPER

WISPER

ÄH, ALSO ...

ÄH, JA ...

ICH BIN HIER DOCH BEI NIRAYAMA, ODER?

WIE AUCH IMMER ...

DAMIT DIE NACHBARN NICHTS MITKRIEGEN.

?!

CA ...

CALL-BOY?!

UNGF

PATSCH

ICH HATTE ES DOCH EXTRA LEISE GESAGT.

KÖNNEN WIR DIE SACHE DRINNEN IN RUHE KLÄREN?

SETZ DICH AUFS SOFA. SORRY FÜR DIE UNORDNUNG.

OKAY.

DU HAST DIR WOHL ZIEMLICH DIE KANTE GEGEBEN, WAS?

HEFTIG....

CHAOS

WOW.

カチャ
TOCK

FWUMP
すとん

JA ... BEI MIR GEHT'S PRIVAT GERADE RUND.

ÄH ...
WIE WAR
DER NAME?

AH.

SORRY.
ICH HEISSE
ASAHI.

?!

ICH
DACHTE, DU
HAST BEI UNS
ANGERUFEN?
DA MUSS DAS
DOCH KLAR
GEWESEN
SEIN.

WIE
WAR DAS
JETZT MIT
DIESEM
CALLBOY-
DINGS?

ÄH
...

VAS?

EINFACH
GESAGT: ICH
BIN DELIVERY
LOVER IN DER
MÄNNLICHEN
VERSION. SO
IN ETWA.

ABER ...
ICH STEH
DOCH GAR
NICHT
AUF ...
SCHNELL,
HANDY!

?!

?!

NA JA, ICH
ARBEITE ALS
BOYFRIEND AUF
BESTELLUNG
FÜR AUFTRÄGE
ALLER ART.

Delivery

Lover?!

WIR HATTEN
UNS SCHON
GEWUNDERT,
WEIL MÄNNER
NUR SELTEN
BEI UNS
ANRUFEN.

ANRUF-
LISTE
...

AH!

UAH...

...

ICH HAB TATSÄCH-LICH ... DA ANGE-RUFEN ...

Alle Anrufe   23:4

00 - 0000 - 0000   19:3

Unbekannt
Verkaufsabteilung
Gou Kato

WÄÄÄH!

...

IST JA NICHT SO, ALS WÜRDE ICH OHNE SIE NIEMANDEN FÜR 'NE SCHNELLE NUMMER FINDEN.

HICKS!   UH--

DAS GIBT'S NICHT. ICH WOLLTE 'NE FRAU BESTELLEN.

SORRY! ICH WAR WOHL ZIEMLICH BESOFFEN.

GUTEN TAG, SIE HABEN XY ERREICHT. VIELEN DANK FÜR IHREN ANRUF. MEIN NAME IST Y-MURA. WIE KANN ICH IHNEN HELFEN?

UGH...   ...   UH ...   GEKNICKT!

DU BIST ECHT NETT.

...

HNNH

DABEI WAR ICH WILLIG, HA, HA!

NA JA, WENN DU ES SPORTLICH SEHEN KANNST ...

HA! HA!

ACH, SCHON OKAY. TUT MIR LEID.

HÄH...

ICH BIN HEUTE VÖLLIG FIX UND ALLE ...

MIR TUT'S AUCH LEID. ICH BEZAHLE NATÜRLICH, WIE ES SICH GEHÖRT.

ICH MAG'S GERN HIER.
SLPP
UAH!
UND DAS ...
SCHUCK
SCHUCK
DAS HAB ICH AUCH GERN.
AH!
ZUCK
SLCK
PATT
HAH ...
HE HE ...
SEHR GUT.
ER STEHT SCHON.
HAH ...
HAH ...

ICH KANN'S EINFACH NICHT GLAUBEN.

ER FÜHLT SICH GANZ ANDERS AN ALS 'NE FRAU, NICHTS IST WEICH.

TROTZDEM ...

WAHRSCHEINLICH HAT MICH NOCH NIE WAS SO GEIL GEMACHT WIE DAS HIER.

HM?

BLINZEL

UGH ...

KUSCHEL

DAS WAR KEIN TRAUM ...

...

FLOFF

STRECK

HAB ICH GUT GESCHLA- FEN!

ZUCK

WAS, ECHT?

JA, SIEHT ZIEMLICH WÜST AUS.

UGH

ICH GLAUB, ... MEINE HAARE SIND TOTAL VERWU- SCHELT.

SORRY.

BIN GESTERN EINFACH EINGEPENNT.

M... MORGEN.

GÄÄÄ

GUTEN MORGEN, TAMOTSU.

KLACK

PAMM

IRGENDWIE

HM...?

HIER?

JA, KLAR.

DARF ICH KURZ UNTER DIE DUSCHE, TAMOTSU?

ICH LEG DIR EIN HANDTUCH HIN.

SUPER!

ICH SUCH UNS WAS ZUSAMMEN, OKAY?

KRIEG ICH AUCH FRÜHSTÜCK?

SCHINKEN-KÄSE-TOAST

KRNCH

MAMPF

MAMPF

SCHMECKT SUPER.

ALS WÄR ER HIER ZU HAUSE.

ICH LIEBE SCHINKEN-KÄSE-TOAST.

MMH!

PLAPPER

DEN HAMSTER DURFTE ICH ANFASSEN, ALS ICH DAHEIM BEI MEINEN ELTERN EINEN FREUND BESUCHT HAB. ICH HAB GLEICH EIN FOTO VOM HAMSTER GEMACHT, WEIL ER SOOO SÜSS WAR! DER WAR GANZ AUFGEDREHT UND FLAUSCHIG UND WUSELTE UND HOPSTE WIE WILD RUM. TOTAL PUTZIG. ICH HAB GEDACHT, ICH SPINN!

ICH HÄTT JA ZU GERN SELBST 'NEN HAMSTER, ABER DAS IST IRGENDWIE DOCH ZU KOMPLIZIERT, DESHALB HAB ICH WENIGSTENS DAS SÜSSE BILD ALS WALLPAPER AUFM HANDY ...

ÄH ...

OH.

ZÜSCH

TOLL!

NEE, ABER EIN BEKANNTER.

JA, KLAR! HAST DU EINEN?

ICH HAB AUCH HAMSTER-FOTOS. WILLST DU SIE SEHEN?

HA HA! SCHON OKAY, HAMSTERHINTERN SIND NIEDLICH. FIND ICH AUCH KLASSE.

SORRY.

KANNST DU MIR DIE BILDER SCHICKEN?

GANZ FLAUSCHIG! TOTAL NIEDLICH!

WOW!! IST DER SÜÜÜSS!!

UAH ...

ZÜSCH

KLAR.

SUPER! DANKE!

ALSO DANN.

DAS KAM UNER-WARTET!

28

HA HA!

PASS AUF, DASS DU NICHT WIEDER IRGENDWO FALSCH ANRUFST.

SORRY FÜR DIE STÖRUNG. JETZT HAB ICH EWIG BEI DIR ABGEHANGEN.

SCHON OKAY.

SCHON KLAR.

GRMPF

DU AUCH.

CIAO!

UND DANKE.

MACH'S GUT.

29

PUH ...

KLACK

PAMM

^ °
て
TAPP

BOAH.

HM?

DING
DONG

DAS
WAR ECHT
'N EREIGNIS-
REICHER TAG.

IMMERHIN
HAB ICH SÜSSE
HAMSTERFOTOS
EINGEHEIMST.

30

KLACK

OH?

BADUMM

WAS DENN? ICH HOL'S DIR.

ES IST KEIN GEGENSTAND.

JA, HAB ICH.

WAS IST, HAST DU WAS VERGESSEN?

HÖR MAL ...

Delivery
Lover

SAMSTAG
UND SONNTAG
HAST DU FREI,
ODER?

HIER MEINE
INFOS: HANDY,
MESSENGER,
DAS GANZE
PROGRAMM.

HOL
DEIN
HANDY
RAUS.

HM?
NORMALER-
WEISE JA.

DANN
IST FREITAG
OKAY FÜR
DICH?

HM?

GIB
MIR DEINE
AUCH.

ACH, EGAL.
ICH MELDE
MICH!

HA HA!
DU SAGST
DIE GANZE
ZEIT NUR „ÄH"
UND „JA".

ÄH ...

JA?

PASST
UNTER
DER
WOCHE
AUCH?

HEUTE
GEHT'S
NICHT.
LASS UNS
DEMNÄCHST
MAL WAS
MACHEN.

CIAO!

BIS
DIE TAGE.

ICH WOHN
ÜBRIGENS
GANZ IN DER
NÄHE.

DER
REINSTE
WIRBELWIND.

WOW.

HALLO, HIER SHUN. HAST DU NÄCHSTEN FREITAG ZEIT? WOLLEN WIR IN EIN GRILLLOKAL GEHEN? ICH HÄTTE LUST AUF YAKINIKU.

EINE NACHRICHT.

OH.

PLING

22:48

SHUN AS

ALLES KLAR.

FREU MICH SCHLAGEN VOLL! ☺

OKAY. ALLES KLAR.

PASST. IST DER LADEN AM BAHNHOF OKAY?

IN ORDNUNG. ICH KANN ABER ERST NACH 19 UHR.

GUT. DANN TREFFEN WIR UNS UM 19:30 UHR AM BAHNHOFS-EINGANG.

HATTE ICH SCHON LÄNGER NICHT MEHR.

YAKINIKU, HM.

MAN KANN SUPER MIT IHM REDEN, ER IST 'N GUTER ZUHÖRER.

SCHON IRRE, WIE WIR UNS KENNENGELERNT HABEN. ABER ER IST WIRKLICH INTERESSANT.

SHUN IST ECHT EIN LOCKERER TYP.

DEN BAUCH VOLLSCHLAGEN, SCHREIBT ER.

HA HA!

SO JEMANDEM WÜRD ICH NORMALERWEISE GAR NICHT BEGEGNEN.

AUSSERDEM IST ER 'N COOLER TYP UND SIEHT WAHNSINNIG GUT AUS.

FREUNDE, HM ...

ACH, FREUNDE SEIN ...

... IST SCHON OKAY.

ODER ...

... DOCH NICHT?

HM ...

HAAAH...

WIESO GERAT ICH IMMER NUR AN SOLCHE FRAUEN?

ECHT ...

MANN, TAMOTSU. DAS MIT DER FEHLENDEN MENSCHEN-KENNTNIS SCHEINT BEI DIR EIN DAUERPROBLEM ZU SEIN.

... DASS AUCH MEINE FREUNDIN AN DER UNI MIT X ANDEREN TYPEN WAS HATTE.

HIN-TERHER HAB ICH GEHÖRT ...

IST ABER IRGENDWIE AUCH NIEDLICH.

?

FLOMP

2" SCHNIEF

WO SIND DEINE SCHLÜSSEL?

TASCHE.

HEY, LAUF ORDENTLICH.

TAMOTSU?

TAMOTSU.

KOMM. IST NICHT MEHR WEIT.

HNGH ...

BIN TODMÜDE.

WAS?

44

FLOMP

DEINE HOSE KRIEGT FALTEN.

HEY!

HM, SOLL ICH DAS JETZT SORGLOS NENNEN? ODER ACHTLOS?

HAAAH! ICH LIEBE MEIN BETT.

LOS, ZIEH DIE SACHEN AUS.

HMPF...

UGH ...

TAMOTSU, ICH WERF DEN SCHLÜSSEL DANN IN DEN BRIEFKASTEN. WOBEI ... DAS IST NICHT GERADE SICHER.

UGH ...

WER IST HIER EIGENTLICH DER ÄLTERE VON UNS?

ALSO GUT, KOMM HER.

GUTE NACHT, TAMOTSU.

HE HE ...

DA BLEIBT MIR WOHL KEINE WAHL.

ZZZ

ZZZ

SCHOCK

DÉJA-VU!

HM? SCHON MORGEN?

UGH ...

SCHWUMMER

...

...

STIMMT.

ER HAT MICH NACH HAUSE GEBRACHT.

VIELLEICHT HAT ER GEMERKT, DASS MIR DAS ETWAS UNANGENEHM WAR.

DA MACHT ER SICH DIE MÜHE, MICH HEIMZUBRINGEN ...

AH.

MOMENT.

WIESO IST ER NICHT MIT INS BETT WIE BEIM LETZTEN MAL?

AUF DEM SOFA, HM ...

FLADD

AH, GUTEN MORGEN. IST DOCH MORGEN?

UGH ...

HNGH ...

HM ...?

WAS, ECHT?

JIPPIE!

DARF ICH DIR DAFÜR EIN FRÜHSTÜCK ANBIETEN?

SCHON OKAY.

SORRY, BIN SCHON WIEDER DAGEBLIEBEN, WEIL ICH NICHT WUSSTE, WAS ICH MIT DEM SCHLÜSSEL MACHEN SOLL.

NICHT DER REDE WERT.

DANKE FÜRS HEIMBRINGEN, SHUN.

... UND TROTZ DER UNANNEHM-LICHKEITEN NIMMT ER NOCH RÜCKSICHT AUF MICH.

KLACK

TAPP

TAPP

CLOSED

HALLO.

ACH, DU BIST'S, SHUN.

TUT MIR LEID, WIR HABEN NOCH GESCHLOSSEN.

JA, ICH BIN'S.

NA, MACHST DU HEUTE BLAU?

OKIDOKI.

SIE IST DA, WO SIE IMMER IST.

ICH WILL ZU YOKO.

NÖ, HAB SCHON FEIERABEND.

KLACK

OB YOKO SCHON WACH IST?

HAB DIR WAS MITGEBRACHT.

ACH, DU BIST SCHON AUF.

KRIEGST DU NACHHER.

DU BIST HEUTE WIEDER RICHTIG SÜSS.

YOKO

ER HAT AUS VERSEHEN BEI MEINEM JOB ANGERUFEN.

KLICK

ER HEISST TAMOTSU.

WEISST DU, ICH HAB VOR ETWA ZWEI MONATEN EINEN NEUEN FREUND KENNENGE-LERNT.

DU BIST JA GUT DRAUF.

KLICK

AHA.

SEINE FREUNDIN HAT IHN MIT VIER KERLEN BETROGEN. NACHDEM ER SEINE SORGEN IM ALKOHOL ERTRÄNKT HATTE, WOLLTE ER SICH 'N CALLGIRL BESTELLEN.

KLICK

JAPP.

DU MEINST DEINEN JOB ALS DELIVERY LOVER?

49

ICH WOLLTE IHN NUR 'N BISSCHEN ÄRGERN, WEISST DU?

DER JUNGE VERTRÄGT NICHT VIEL. 'NE HEULSUSE IST ER AUCH.

HOPS

ICH WOLLTE EIN PAAR BILDER VON YOKO MACHEN UND IHM SCHENKEN.

ICH GLAUB, ER IST ZIEMLICH EMPFINDLICH.

HOPS

カシャ
KLICK

BIST DU IN IHN VER- KNALLT?

HA HA! DICH HAT'S WOHL SCHWER ER- WISCHT.

SCHRECK

TAPP
TAPP
TAPP
TAPP
SURR

SURR

ICH BIN GLEICH ÜBER IHN HERGEFALLEN UND WIR HATTEN SEX. UND ER IST TOTAL DRAUF ABGEFAHREN! HÄTT ICH NIE GEDACHT.

ER IST ÜBRIGENS AUCH HAMS- TERFAN.

JA. ER WAR EIGENTLICH VON ANFANG AN MEIN TYP.

LEIDER KANN ER KEINEN HABEN, ALSO BEHILFT ER SICH MIT BILDCHEN. IST TOTAL SÜSS.

DAS WAR IRGENDWIE SO EIN WIDERSPRUCH. FAND ICH RICHTIG HEISS.

HERGE- FALLEN ...?

DAS MUSS ICH DIR ERZÄHLEN.

SURR

DANN HAB ICH IHM ABENDESSEN GEMACHT.

NEULICH HAB ICH'S GESCHAFFT, IHN ZU MIR NACH HAUSE ZU LOCKEN. MIT 'NEM MANGA.

WAS DENN?

KLONK

TAMOTSU!

HAAAAAAH ...

SCHNAUZE! WAS KÜMMERN DICH DIE PROBLEME ANDERER LEUTE, HÄ?! DU HAST JA 'NE FREUNDIN. DEIN LEBEN IST SUPER. BLÖDMANN! VERRÄTER!

PLÄRR

ICH WILL 'NE FREUNDIN.

GEHT DAS SCHON WIEDER LOS?

MACH DEINE ARBEIT.

WAS?

ECHT JETZT?

DIE HAT MICH ABSERVIERT.

VOR ZWEI MONATEN.

VERGISS ES. LASS MICH LOS UND REISS DICH AM RIEMEN. TSCHÜSS!

ICH LAD DICH DAFÜR AUCH EIN. DU KANNST HABEN, WAS DU WILLST. IM ERNST, BITTE LASS MICH NICHT IM STICH.

MIST! ICH HAB DAS PROJEKT VERGESSEN, DAS MIR JEMAND AUFS AUGE GEDRÜCKT HAT.

HALT, WAS?!

KLAMMER

KLAMMER

BITTE, ICH FLEH DICH AN. ICH HAB MEINEN EIGENEN KRAM NOCH NICHT ERLEDIGT.

WAS?

NÖ.

HILF MIR, NIRAYAMA.

DU BIST ES WIRKLICH, TAMOTSU!

HM?

PUH ... DER KANN SICH AUF WAS GEFASST MACHEN, WENN ER MICH EINLÄDT.

SHUN!

HAH ...

WOBBEL!

HAB NUR KNABBERZEUG UND EIN BISSCHEN ALK BESORGT. WOLLEN WIR UNS DAS TEILEN?

RASCHEL

HAST DU ÜBERSTUNDEN GEMACHT?

ICH HAB VERSUCHT, DICH ZU ERREICHEN, ABER DU HAST NICHT GEANTWORTET.

WAS? OH, TATSACHE. SORRY, HAB ICH NICHT GESEHEN.

ICH WAR KURZ EINKAUFEN UND WOLLT GRAD NACH HAUSE.

RASCHEL

MANN, BIST DU FIES!

ZETER

KANNST DU LAUT SAGEN. DEN LASS ICH ORDENTLICH BLECHEN, WENN ER MIR WAS AUSGIBT.

... UND SCHON HING ICH MIT DRIN UND MUSSTE IHM HELFEN.

MACHEN WIR DAS DOCH JETZT! ICH HAB AUCH LUST AUF GAMEN.

DABEI WOLLT ICH DAHEIM ENDLICH MAL WIEDER GEPFLEGT ZOCKEN.

IM ERNST ?!

ICH HAB ALLERDINGS NUR SUPER NINTENDO.

MENNO.

SCHÖNER SCHEISS.

ARRRGH! ICH STÜRZ AB, ICH STÜRZ AB, ICH STÜRZ AAAB!
DU BIST ECHT MIES, SHUN. HÄTT ICH NICHT GEDACHT.
UWAAAH! DAS GIBT'S NICHT!
SCHEIS-SEEE!
ICH BIN NICHT MIES, MIR FEHLT NUR DIE ÜBUNG. UAAAH, ICH STERBE, ICH STERBE, ICH STERBE!
HALT DURCH!
DOCH, DU BIST MIES. BIST DU WIRKLICH EIN KIND VON HEUTE?
HNGH...
MANGAS SIND EBEN MEHR MEIN DING.
UPS, JETZT BIST DU ABGE-STÜRZT.
ARGH!
HA HA!
DABEI WIRKST DU, ALS KÖNNTEST DU SO WAS GUT.
HE HE!
DAS IST VOLL SCHWER!
DOMP
WAS SOLL DAS?
SHUN KENNT KEINE DISTANZ.
KOMMT DAS VON SEINEM JOB?
BADUMM
AH.
SAG MAL, WAS MACHT EIN DELIVERY LOVER EIGENTLICH SO?
HM?

WOW, SEHR VIELFÄLTIG.

UND ...

MAL SEHEN ...

WIR KRIEGEN ÜBERWIEGEND ANFRAGEN FÜR DATES.

ICH BIN AUCH ALS MIETFREUND IM EINSATZ ODER EINFACH ALS GESPRÄCHS-PARTNER.

NA JA, SEX IST NATÜRLICH AUCH ZIEMLICH GEFRAGT. ACH, ICH KANN ÜBRIGENS AUCH EROTISCHE MASSAGEN.

BEI DEINEM BÜROJOB SIND VERSPANNTE SCHULTERN SICHER EIN PROBLEM.

KNET

AH ...

KNET

NA, FÜHLT SICH DAS GUT AN?

ICH KÖNNT DICH GANZ NORMAL MASSIEREN, WIE WÄR'S? WIRD IMMER ALS SEHR ENTSPANNEND GELOBT.

KNET

KNET

JA, IST EIN BÜROJOB, ABER ICH BIN AUCH VIEL IM VERTRIEB UNTERWEGS.

WAS?

KOMM, LEG DICH HIN.

60

WAS
DANN?

?

WENN
ICH DIR
WEHGETAN
HAB ...

ÄHM ...

NEIN.

WAS
SOLL ICH
TUN?

UGH ...

ES
IST NUR,
ÄH ... ICH
HATTE DAS
GEFÜHL ...

DAS IST
NICHT DAS
PROBLEM ...

ACH,
UNSINN! MACH
DIR DESWEGEN
KEINEN KOPF.
SO WAS
PASSIERT MIR
AUCH.

TUT
MIR
LEID.

... ICH
BEKOMM
'NE ...

... EREK-
TION ...

WIESO ...

... REAGIER
ICH SO?

ES
SOLLTE MIR
DOCH NICHTS
AUSMACHEN,
WENN ER MIR
SO NAH IST.

SELTSAM,
DASS MICH
DAS SO
DURCHEINAN-
DERBRINGT
...

KEINE
SORGE, DAS
KOMMT OFT
VOR. DU BIST
EBEN MÜDE,
TAMOTSU.

ACH
SO?

ZUSCH

Delivery Lover

Delivery
Lover

TAPP TAPP TAPP TAPP TAPP TAPP TAPP TAPP TAPP TAPP TAPP TAPP

SRRT SRRT SRRT SRRT

HAH
...

WIESO
MACHT
TAMOTSU
ÜBERHAUPT
NICHTS
MEHR MIT
MIR?!

AAAHAWU!

DONK

BUHU
...

WARUM
...?

DRITTE
LIEFERUNG

DELIVERY
LOVER

GEEEEE...

... SCHÄFFT!

HIBBEL
HIBBEL

ZING

SONST
GIBT'S
WIEDER 'NEN
ANSCHISS
VOM
BOSS.

RUHE.

STRECK

YAAAAY!

AUF
ZUM
ABEND-
ESSEN,
NIRAYAMA.

ICH HAB
WIEDER YUMI
UND IHRE
MÄDELS
ANGEFUNKT.

WAS?
WARUM
WEISS ICH
NICHTS
DAVON?

SEIT ICH
SHUN SO
KURZFRISTIG
ABGESAGT
HAB ...

... SCHLEPPT
MICH MEIN
KOLLEGE
STÄNDIG ZU
IRGENDWELCHEN
TREFFEN.

GRAPP

LOS,
KOMM.

JETZT
SEI NICHT
SO!

HEY,
NICHT SO
SCHNELL.

HAH...

JETZT DENK ICH WIEDER AN SHUN.

GRAPP

WOZU BIN ICH EIGENTLICH HIER?

HAH...

JETZT SIND WIR GAR NICHT ZU DEM TOLLEN PUDDING GEKOMMEN.

ICH FÜRCHTE, MIT DER PLÖTZLICHEN ABSAGE HAB ICH'S ECHT VERBOCKT.

...

SCHRECK

KOMMT SOFORT!

GEB ICH MIR EBEN DIE KANTE.

GLUGG

GLUGG

UAAH!

VERZEIHUNG! EINEN SALTY DOG, BITTE.

NA, DU SCHLUCKST JA WAS WEG.

GLUGG

GLUGG

JETZT EINEN SCREWDRI-VER.

UMESHU ON THE ROCKS.

KLONK

TOCK

ACH?

DU VERTRÄGST DOCH NICHT VIEL ...

ALLES OKAY, NIRAYAMA?

BWORGH ...

DU HAST 'NE MENGE GETRUNKEN. ALLES IN ORDNUNG?

UGH ...

ICH GLAUB, ICH HAB EIN BISSCHEN VIEL GETRUNKEN ...

JA.

WILLST DU AN DIE FRISCHE LUFT? KOMM, ICH BRING DICH RAUS.

SCHAUDER.

IRGENDWIE ...

... IST MIR ...

ICH HAB DIE SCHNAUZE VOLL. MACHEN WIR SCHLUSS.

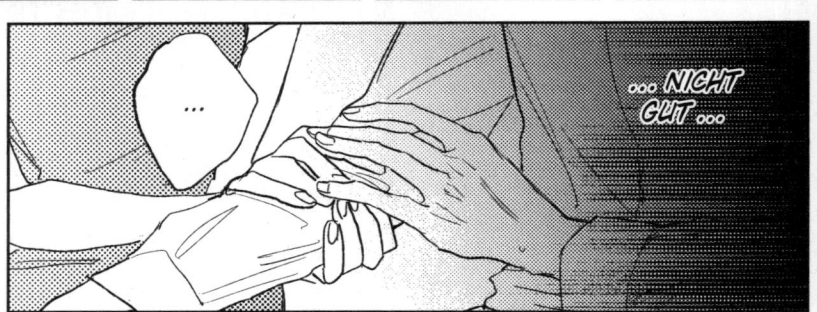

...

... *NICHT GUT* ...

QUATSCH.

WAS?

HÖR AUF!

BIST DU AUF NIRAYAMA SCHARF?

LÄRM

ALSO ECHT.

LÄRM

NICHT NÖTIG.

KⁱⁱA KRRT

ICH GEH NUR KURZ AUFS KLO.

ICH HAB KEINE LUST MEHR, DA REINZUGEHEN.

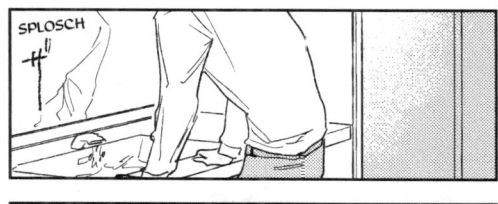

SPLOSCH

SIE STEHT WOHL AUF MICH.

WARUM BAGGERT DIE MICH DAUERND AN? DAS NERVT ...

HÄTT ICH NICHT GEDACHT, ABER ICH BIN ZIEMLICH VERRÜCKT DANACH. MUSST DU AUCH MAL PROBIEREN.

WAS? KLINGT ABER SCHWIERIG.

HA HA!

NEE, IST NICHT SO WILD.

HM?

H"-H"

BWWW"' BWWW"

KANN ICH DAS BRINGEN?

TAPP

...

W.C

WOBBEL

AM LIEBSTEN WÜRD ICH NACH HAUSE.

IM JOB HAT ER AUCH MÄNNER ALS KUNDEN. ER DÜRFTE FÜR BEIDES OFFEN SEIN ...

IST SHUN AUCH SCHWUL?

BIN ICH WIRKLICH SCHWUL GEWORDEN?

SCHUMMER

MAG ICH WIRKLICH MÄNNER?

VIELLEICHT SOLLTE ICH NOCH MAL BEI SHUNS SERVICE ANRUFEN UND ES AUSPROBIEREN.

HAH

ICH BRAUCH NOCH WAS ZU TRINKEN.

WILLKOMMEN. FÜR EINE PERSON?

JA.

BITTE FOLGEN SIE MIR.

P A M M

DIE BAR KENNE ICH GAR NICHT ...

...

WAS DARPS SEIN?

HARADA, KANN ICH MICH DA DRÜBEN HINSETZEN?

HARADA ↴

HM?

VON MIR AUS. EIN BEKANNTER?

HE HE...

~AH! ER VERSUCHT SEIN GLÜCK.

NOCH NICHT.

STARR

HM ...

ABER SOLANGE ANDERE GÄSTE NICHT GESTÖRT WERDEN, IST ES IN ORDNUNG.

WIR SIND EIGENTLICH KEINE SCHWULENBAR.

HM...

MEINST DU, DAS GEHT GUT? MACH BITTE KEINEN ÄRGER.

JA, ALLES BESTENS.

WENN ER HETERO IST, LASS ICH'S.

TONK

84

KANNST DU LAUFEN, NIRAYAMA? IST DIR NICHT SCHLECHT?

HAH ...

GAR NICHT DRÜBER NACHDENKEN ...

GEHT SCHON ...

DER ARME WIRD SO WAS VON VERNASCHT.

WOBBEL

DANKE UND AUF WIEDERSEHEN.

JA, GERN GESCHEHEN.

ACHTUNG, STUFEN.

WOBBEL

WOBBEL

OPE

DEN NAMEN HAB ICH DOCH SCHON MAL IRGENDWO GEHÖRT.

CHEF, NACHFÜLLEN BITTE!

?

?

HM?

...

NIRAYAMA ...?

HM?

WESSEN HAND IST DAS?

SLPP

ES RIECHT NICHT WIE BEI MIR.

ICH HAB 'NE TOTALE MATSCHBIRNE.

KLICK

DA SIND WIR, NIRAYAMA.

GEHT'S?

KLICK

SLPP

PAMM

KLACK

KLICK

HÄ ... HÄ ...

FALSCH. HEY, WACH AUF!

HM ...? SHUN ...?

HNGH ...

RASCHEL

HÄ ...?

FALSCH?

KNUTSCH

KNUTSCH

RASCHEL

RASCHEL

FLOPP

HÄ?

ÄH?

HNGH?

BIST DU NOCH EIN BISSCHEN VERNEBELT?

IST SHUN DEIN LOVER? DU HAST ALSO EINEN FREUND.

HNGH?

RASCHEL

SLPP

WA... WAS ...?

SCHAUDER

SAG BLOSS, DA HAST DU'S NOCH NIE GEMACHT?

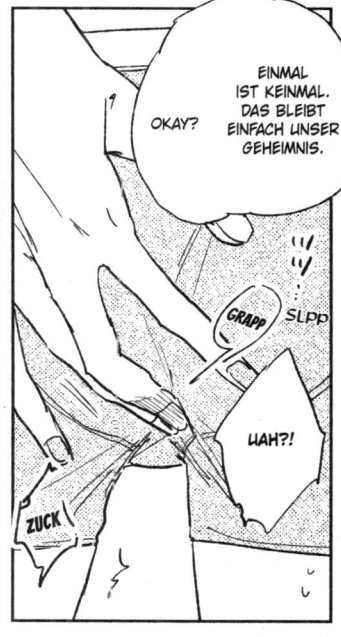

OKAY?

EINMAL IST KEINMAL. DAS BLEIBT EINFACH UNSER GEHEIMNIS.

GRAPP

SLPP

UAH?!

ZUCK

90

ICH HAB GEHÖRT ...

UAAH!

... DU SEIST STOCKBESOFFEN UND HALB BEWUSSTLOS VON IRGEND 'NEM KERL ABGESCHLEPPT WORDEN.

ÄHM ...

WOHER WEISST DU DAS?

HAH ...

I...

ICH HAB IHM OFT VON DIR ERZÄHLT. ALSO HAT ER ANGERUFEN UND GEFRAGT, OB DU DAS BIST.

... IST DER BESITZER VON YOKO.

DER TYP, DER DIE BAR BETREIBT ...

E...

TAMOTSU, DU BIST AM MUND VERLETZT.

IST DIR WAS ZUGES-TOSSEN?

ES WÄR FAST WAS PASSIERT, ABER ICH BIN NOCH RECHTZEITIG ZU MIR GEKOMMEN. VOR LAUTER SCHRECK HAB ICH DEM KERL EINE VERPASST UND BIN ABGEHAUEN.
OH.
HE HE ...
DIE SCHRAMME HAB ICH MIR GEHOLT, ALS ICH BEIM HEIMKOMMEN GESTOLPERT BIN.
KLOMP
UWAH!
PAMM
SHU...
TAUMEL
AU!
DOMP

... VERSCHWANDEN
DIE UNSICHERHEIT
UND VERWIRRUNG,
DIE MICH DIE GANZE
ZEIT BEDRÜCKT
HATTEN.

... WEIL
ER SHUN
IST ...

ALS MIR
KLAR WURDE,
DASS ICH
SHUN LIEBE ...

ICH HATTE
DAS GEFÜHL,
ICH KÖNNTE
AUF EINMAL
WIEDER FREI
ATMEN.

HAH ...

HAH ...

TUT DIR DER RÜCKEN NICHT WEH?

HAH ...

SCHUBB

NATÜRLICH MACH ICH MIR GEDANKEN.

WIR HABEN'S NOCH NIE IM FLUR GETAN.

SCHUBB

HAH ...

NÖ.

IST OKAY.

MACH DIR NICHT SO VIELE GEDAN-KEN.

ICH SAG DOCH, IST IN ORDNUNG.

SOLLEN WIR NICHT LIEBER INS BETT?

KNUTSCH

SCHUBB

KRIEE

HAH ...

SAG MAL.

HE HE ...

... HAT SICH MIR EIN NEUER WEG ERÖFFNET.

ICH DACHTE NUR GRADE, DURCH DICH ...

GRINST DU ETWA, TAMOTSU?

99

HÖR ZU, TAMOTSU.
HM?
ICH ...
WEISST DU ...
ICH LIEB DICH WIE VERRÜCKT!
HÄ?
DU KANNST ÜBERRASCHEND GIERIG UND VERSAUT SEIN, ABER AUCH TOTAL LIEB.
HÄ?
WENN DU SÄUFST, WIRST DU WEINERLICH UND DEIN PECH MIT FRAUEN IST EIN BISSCHEN TRAURIG.
WAS?
MANCHMAL BIST DU RICHTIG SÜSS.
ALL DAS ...
... LIEBE ICH UNHEIMLICH AN DIR.
ZUCK
KNUTSCH
SLPP
DESHALB WILL ICH ...

ENDE

Delivery
Lover

BIP
BIP

PAMM

BIEP

BIBIBIEP

BIBIBIEP

09:3

SCHWUFF

WILL
SCHLAFEN
...

HNGH ...

ZUPP

KLACK

SCHRFF

SCHRFF

NACH DEM
HAUSHALT
KÖNNTE ICH
EINEN KLEINEN
MITTAGSSCHLAF
MACHEN.

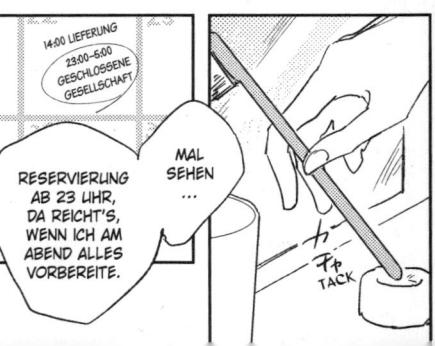

14:00 LIEFERUNG
23:00–6:00
GESCHLOSSENE
GESELLSCHAFT

RESERVIERUNG
AB 23 UHR,
DA REICHT'S,
WENN ICH AM
ABEND ALLES
VORBEREITE.

MAL
SEHEN
...

TACK

ACH, HERR HARADA.

DOMP

JEDEN MORGEN ...

... WECKT MICH DER WECKER.

DA FÄLLT MIR EIN, ICH WOLLTE SIE FRAGEN –

DANN IST IHR LOKAL BIS ZUM MORGEN GEÖFFNET? TÜCHTIG.

NA JA, AB 23 UHR SIND WIR AUSGEBUCHT, VIEL RUHE KANN ICH MIR DA NICHT GÖNNEN.

AH.

... FRAU VERMIE-TERIN.

GUTEN MORGEN ...

JA, IST EINE ZIEMLICHE PLACKEREI.

ICH HAB EINE WOHNUNG, ICH HAB EINEN JOB.

HE HE

WIE ICH SEHE, GEHEN SIE ES HEUTE WIEDER RUHIG AN.

KONTAKT ZU MEN-SCHEN HAB ICH AUCH.

MEIN LEBEN IST VÖLLIG UNSPEKTAKULÄR, ABER ICH FINDE, ES PASST ZU MIR.

NICHTS SCHRÄNKT MICH EIN, NICHTS MACHT MICH UNGLÜCKLICH.

ES MACHT MIR NICHTS AUS, ALLEIN ZU LEBEN. SO MUSS ICH AUF NIEMANDEN RÜCKSICHT NEHMEN.

SÜSSER
EGOIS-
TISCHER
NICHTS-
NUTZ

TEIL 1

LÄRM

LÄRM

RAUN

GESCHLOSSENE GESELLSCHAFT

LÄRM

RAUN

JAPP. EIN ECHTER BUMMER.

IM ERNST, YUMA? DAS WÄR ÜBELST, WENN'S WIRKLICH SO KOMMT.

MEINE GÜTE...

ZING

ZING

ZING

JUNGE LEUTE SIND VERDAMMT LAUT.

WOOOW!

MEINE ELTERN HABEN GESTERN SCHON WIEDER GEDROHT, MICH RAUSZU-SCHMEISSEN, WENN ICH WEITER SO RUMSCHMA-ROTZE.

ICH KANN'S NICHT MEHR HÖREN.

ECHT JETZT?! *HAMMER!*

YAAAY!

HA HA HA

WAAS?!

KRASS...

108

BEDIE-
NUNG!

HEY,
WILLST DU
DAS NICHT
ESSEN?
HER DAMIT!
MMH!
LECKER!

SO
LECKER,
DA KÖNNT
ICH MICH
GLATT
REINLE-
GEN!

ENTSCHULDIGUNG,
WER HAT DAS
GEMACHT? EIN
MÄDCHEN?! IST
SIE HÜBSCH?! DAS
SCHMECKT SO
GEIL, ICH GLAUB,
ICH STERBE!

DAS
ESSEN
KOCHT DER
CHEF.

SCHMECKT
MEGAGEIL,
DA TANZEN
DIE GE-
SCHMACKS-
KNOSPEN!

WAS,
DER
ALTE
SACK?

HAH...

ALLE
STARREN
MICH AN.

UGH...

STARR

PUH ...

HA HA HA!

UAAH!

GRÖL

IDIOT! RED KEINEN SCHEISS.

MIST! WÄR'S 'NE HEISSE BRAUT GEWESEN, HÄTT ICH SIE SOFORT ANGEGRABEN.

SO IN DEN HÖCHSTEN TÖNEN GELOBT ZU WERDEN.

ICH STOPF MIR JETZT DAS GESICHT VOLL. DANKESCHÖN.

ICH SAG'S EUCH, LEUTE ...

HEY, DAS IST MEIN TELLER!

HAB DICH NICHT SO!

HAH ...

MMH, SCHMECKT WIRKLICH SUPER. KÖNNT ICH JEDEN TAG ESSEN.

DAS IST AUCH LECKER.

VIELEN DANK!

GEHEN WIR NOCH WOANDERS HIN?

ICH WILL INS BETT.

ICH WEISS, WO WIR HINGEHEN!

SCHRRT

ENTSCHULDIGE
DEN KRACH,
YOKO.

ENDLICH
FEIERABEND.

PUH...

WAR
ES HIER
NICHT SO
SCHLIMM?

HALB SO
WILD.

HALLO.

TOCK

SO EIN
FRÖHLICHER,
ATTRAKTIVER
KERL, DER
STIMMUNG
MACHT,
IST SICHER
BESONDERS
BELIEBT.

ES WAREN
LAUTER
JUNGE LEUTE
MIT NETTEN
GESICHTERN.

WUPP

FLIPP

WÄLZ

FLOMP

ICH BIN
ERLE-
DIGT.

HAAAH
...

WIE
AUCH
IMMER
...

HE
HE...

EINER
WAR DABEI,
DER SICH VOR
BEGEISTERUNG
ÜBERS
ESSEN KAUM
EINGEKRIEGT
HAT.

112

ES WURDE NICHTS.

ARBEITEN
IST EINFAC
NICHTS FÜ
MICH. ÜBEI
NACHTET H
ICH IN 'NE
MANGA-CAI

NATÜRLICH
BIN ICH WIEDE
AUSGEGANGEN
DA WAR DIE KOI
SCHNELL WEG.
JETZT BIN ICH
BLANK.

ÄH,
ENTSCHULDIGUNG.

ICH
HAB AUCH
KEINE LUST,
MIR IRGEND 'NE
KOMISCHE FRAU
ANZULACHEN,
UM DER AUF
DER TASCHE
ZU LIEGEN.

MIST, ICH
MUSS DEN
TAG HEUTE
WOHL HIER
VERBRINGEN.

OH.

ALLES IN ORDNUNG BEI DIR?

DAS IST DOCH DER TYP VON NEULICH.

ÄH ...

HM?

DER KERL AUS DER BAR NEULICH ...

DAS GAB ÄRGER. DABEI HAB ICH EINE ABGEKRIEGT. WEIL MIR SCHWUMMRIG WAR, HAB ICH MICH HIER HINGELEGT.

AUF DER SUCHE NACH 'NEM PLATZ ZUM SCHLAFEN BIN ICH MIT 'NEM SÄUFER ZUSAMMEN-GESTOSSEN.

NA JA, ICH HAB GRAD ÄRGER DAHEIM, DA KANN ICH NICHT HIN.

SAG MAL ... WARUM LIEGST DU HIER AUF DER PARKBANK?

BIST DU AUF DEM HEIMWEG? SO SPÄT?

WILLST DU WAS VON MIR?

ACH, DIE HERREN DA DRÜBEN MEINTEN NUR, HIER WÜRDE EIN JUNGER MANN MIT EINER BLUTIGEN NASE AUF DER BANK LIEGEN.

SO HAB ICH MIR WOHL DIE BLUTIGE NASE GEHOLT.

ZUM TOTLACHEN, WAS?

HA HA HA!

ICH HAB 'NE BLUTIGE NASE?

HA HA HA!

WAS, ECHT?

AH! ICH HAB'S.

116

SCHOCK

BITTE, NUR EINE NACHT! WAS, WENN MIR HIER DRAUSSEN WAS PASSIERT? BEI DEM GEDANKEN KÖNNTEST DU DOCH AUCH NICHT RUHIG SCHLAFEN, ODER?

ÄH, NEIN, DAS GEHT ...

WAS?

BITTE LASS MICH HEUTE BEI DIR ÜBERNACH-TEN!

STIMMT NATÜRLICH...

KOMM SCHON, NUR EINE NACHT.

SCHLUCHZ

SCHNIEF

SCHNIEF

ICH KANN DEFINITIV NICHT NACH HAUSE!

SCHLUCHZ

NUR EINE NACHT ...

KLASSE! DANKE, DAS IST ECHT NETT VON DIR.

HAH ... ALSO GUT, VON MIR AUS.

ABER MACH KEINEN ÄRGER

DU BIST ECHT EIN DANKBARER ESSER.

AUSSERDEM SIND NACH EINEM HARTEN ARBEITSTAG EIN GUTER DRINK UND EINE ANSTÄNDIGE MAHLZEIT DOCH FÜR JEDEN DAS HÖCHSTE.

TONK

DAMPF

DAMPF

HIER, DEIN TELLER.

YAY!

JIPPIE! ICH HATTE SCHON MORDS-HUNGER!

DAS FREUT AUCH DEN KOCH.

ZURÜCKHALTUNG IST DIR FREMD, WAS?

MMMH!

STRAMPEL いた

STRAMPEL いた

DAS IST SOOO LECKER.

MAMPF

RATZEPUTZ LEER

MAMPF

MMH!

HEUTE IST ECHT M
GLÜCKSTA

HACH ...

KUSCHEL

FLÄZ

HEY ...

HAH ...

HAH ...

JETZT BIN ICH HAPPY.

HAAAH ...

FEHLT NUR NOCH SEX.

HAH ...

KUSCHEL

FLÄZ

AAAH, ICH WILL FICKEN! FICKEEEN! JETZT! GLEICH!

ICH HAB SCHON LÄNGER NICHT MEHR GEWICHST. MENNO! JETZT WILL ICH SEX HABEN!

PLÄRR

RAMPEL!

RUTSCH

HÄ?!

RAMPEL

STRAMPEL

... HAT ER GERADE GESAGT?

WAS ...

HM?

HAT ER „SEX" GESAGT?

120

WAS?!

LOS, MACH DEN ABWASCH.

ACH, HALT DIE KLAPPE!

DA!

SST

ICH HAB DEN BAUCH VOLL MIT GUTEM ESSEN UND JETZT BIN ICH HORNY.

WAS SCHON?

ÄH, SEKUNDE ... WAS REDEST DU DA?

WIE BITTE?!

ZUCK

NUR AN DER VERNUNFT SCHEINT'S BEI DIR ZU HAPERN.

UGH...

DIE KÖRPERLI CHEN GRUN BEDÜRFNIS SIND BEI D EIN BISSCH ZU AUSGE PRÄGT.

ICH BIN SEHR VER- NÜNFTIG!

BIST DU FIES! DAS IST DOCH GANZ NATÜRLICH.

BIST DU EIN TIER?!

BUHUHU ...

WINSEL

WINSEL

WINSEL

SAG DOCH, WENN DU DAS NICHT KANNST!

HAH ...

NA, DA HAB ICH JA EINEN SCHRÄGEN VOGEL AUF- GELESEN.

MÖÖH!

KLIRR

POLTER

KRACH

KLIRR

KRACH

SCHEPPER

TSCHACK

PAMM

DA HAB
ICH MICH MIT
EINEM RICHTIGEN
NICHTSNUTZ
EINGELASSEN.

ZUPP

...

GURGEL

SPITT

TACK

ICH KÖNNTE
EIN BISSCHEN
PUTZEN.

SPLATT

SPLOSCH

...

HAAAH ...

SLRP

ICH MUSS NACHHER ZUR ARBEIT. SOBALD DU WAS GEGESSEN HAST, VERSCHWINDEST DU. KLAR?

LOS, ISS WAS. FRÜHSTÜCK, MITTAGESSEN, EGAL.

BUHUHU

ZING ZING ZING

DU HAST MICH SCHON WIEDER GESCHLAGEN.

ICH BIN NICHT PERVERS!

GONK

AUA!

WAS?!

EINEN TAG, HATTEN WIR GESAGT.

EINMAL ODER ZWEIMAL MACHT KEINEN UNTERSCHIED. AUSSERDEM HAT'S DIR DOCH AUCH GEFALLEN. PASST DOCH.

BITTE LASS MICH EINE WEILE BEI DIR BLEIBEN! UND AUCH WIEDER SEX MIT DIR HABEN, WENN'S GEHT.

WIE?!

UGH ...

SONST STERB ICH IRGENDWO IN DER GOSSE!

AUSSERDEM BIN ICH VÖLLIG BLANK. ICH HAB GESTERN SCHON DEN TAG IM PARK VERBRACHT.

ICH KANN NICHT NACH HAUSE ZURÜCK. AUF KEINEN FALL.

ABER ...

ALSO ...

ÄH!

ÄH!

BIIITTE!

PATSCH

Delivery Lover

HM?

DICH SIEHT MAN IN LETZTER ZEIT ABER OFT HIER.

SAG MAL ...

HA HA. WAR NUR'N WITZ!

BIST DU ETWA SEIN LOVER?

WER IST BEI EUCH WAS?

±0 WIGGEL

DU SCHEINST DICH ZIEMLICH GUT MIT HARADA ZU VERSTEHEN.

±0 WIGGEL

HE HE ...

AH, IHR HABT'S ALSO GECHECKT?

HARADA REDET ZWAR MANCHMAL MIT GÄSTEN, ABER BEI DEM TYPEN HAT MAN DAS GEFÜHL, ER IST IMMER DA.

ZUMINDEST IMMER WENN WIR DA SIND.

ACH, WER WEISS?

IDIOT! RED KEINEN UNSINN.

SORRY FÜRS ANLABERN.

WAAAAS?!

HÄ?!

ICH BIN BLOSS EIN SCHMAROTZER.
QUATSCH, ICH VERARSCH EUCH NUR.
HA
HA HA!
HÄ? WAS IST LOS?
?
UGH ...
DRÖPP
ARGH ...
OCH, UND ICH HATTE MICH SCHON GEFREUT, DASS DER GUTE HARADA ENDLICH 'NEN BOYFRIEND GEFUNDEN HAT.
JA, ICH AUCH. ICH HATTE GEHOFFT, ER WÄR ENDLICH BEREIT FÜR WAS NEUES.
SCHADE.
HARADA HATTE NOCH NICHT VIELE LOVER.
AU!
GONK
!
WIE? WAS? WAS SOLL DAS HEISSEN?
HARADA!
AH, HARADA.
WAS REDEST DU DA MIT DEN STAMMGÄS-TEN?
UGHHH ...

SEHT DEN KERL EINFACH ALS TEIL DER EINRICHTUNG.
FIES! BIN DOCH KEIN MÖBELSTÜCK!
DU SITZT DOCH IMMER NUR BLÖD RUM UND MAMPFST VOR DICH HIN.
EY, TIEF-SCHLAG!
HAH …
HARADA, LEG DIR MÖGLICHST SCHNELL 'NEN FREUND ZU!
UGH!
WIR WOLLEN AUCH NICHT BEI JEDER KLEINIGKEIT NERVÖS WERDEN.
DOMP
WAS SOLL DAS?
HEEEY!
SEID IHR ZWEI BESOFFEN?!
WINSEL
NEIN, SIND WIR NICHT!
HÄ? DA KRIE MAN J ANGST WAS GE AB?
SCHRÄG …
WINSEL
HEEEY!
WINSEL
WEISST DU, HARADAS FREUND ZU SCHULZEITEN HAT IHN EISKALT …
… MIT 'NEM ANDEREN KERL BE-TROGEN.
DARAN KNABBERT ER NOCH HEUTE, AUCH WENN'S IHM SCHWER-FÄLLT, SEINE GEFÜHLE AUS-ZUDRÜCKEN.
STIMMT JA GAR NICHT.
NA JA, VIELLEICHT DOCH.

CLOSED

UGH, DAS IST SO ENG AM HALS.

KANN ICH NOCH 'NEN KNOPF MEHR AUFMACHEN?

DU HAST KEIN SHIRT DRUNTER, ALSO FINDE DICH DAMIT AB.

WILLST DU MICH ECHT HIE ARBEITE LASSEN?

OHNE ARBEIT KEIN ESSEN, GANZ EINFACH.

ICH BIN DOCH TOTAL UNFÄHIG. ICH WERD WIEDER DIE TELLER ZERDEPPERN.

WEISST DU ...

ZUPP

AUSSERDEM WEISS ICH NUR ZU GUT, WIE UNFÄHIG DU BIST.

WENN DU DAHEIM DEN ABWASCH IN RUHE MACHEN WÜRDEST, WÜRDE AUCH NICHTS ZU BRUCH GEHEN.

DU BIST SO FIES!

HM ...

ICH ERWARTE VON DIR NICHT, AUF EINEN SCHLAG PERFEKT ZU SEIN.

GEH DIE SACHE EINFACH RUHIG AN UND GIB DEIN BESTES.

ER SIEHT GUT AUS, ABER DAS IST AUCH ALLES.

OH, DAS KANN ICH AUCH EMPFEHLEN.

NIMM DIR NUR ZEIT.

HE HE

ENTSCHULDIGUNG, DASS ICH SO LANGSAM SCHREIBE. ABER WENN ICH WAS FALSCH MACHE, SCHIMPFT DER CHEF.

ICH FASSE DIE BESTELLUNG ZUSAMMEN.

SCHÖN, DASS DU DIR SO MÜHE GIBST. ♥

HAAACH ...♡

WENIGSTENS IST ER ZU DEN GÄSTEN FREUNDLICH.

OH, DANN PROBIER ICH DAS.

EIN MOSCOW MULE UND EINE SANGRIA.

...RADA!

DER IST SU-PERLE-CKER.

ACH, UND BACON IN DICKEN SCHEIBEN.

DAZU, ÄH, CHIPS UND CARPACCIO.

KLAPPER

ACH, WIRK-LICH?

KLAPPER

ES IST NUR ...

IST PERFEKT, HAB ALLES GENAU GECHECKT.

HIER, DIE BESTELLUNG!

BEB

SAG, HARADA ...

JAJA

BRAV.

NA, WE FINDEST DU DAS?!

STRAHL

SCHÖNEN FEIER-ABEND!

HAH ...

HN!

MEHR BEGEIS-TERUNG, BITTE.

BIN ICH IN LETZTER ZEIT NICHT GUT GE-WORDEN?

HAH ...

AH!

HAAACH

UM EHRLICH ZU SEIN, SEIT ER HIER ARBEITET, KOMMEN MEHR WEIBLICHE GÄSTE.

HAH!

HAH!

SLOPP

HAH!

HN!

SLICK

AUCH MIT DEN BISHERIGEN STAMMGÄSTEN KOMMT ER GUT ZURECHT.

SLICK

HE HE ...

DU ZERBRICHST DOCH NUR DAS GESCHIRR.

SLOPP

TU ICH NICHT!

ZZZ

NORMA-
LERWEISE
SCHLAF ICH
IMMER SO
LANGE WIE
MÖGLICH.

SEINE
HAARE
HÄNGEN IHM
INS GESICHT.
ICH HAB IHN
NOCH NIE
SCHLAFEN
SEHEN.

UWAH!

AH, NOCH
NICHT
MAL
HALB
NEUN.

WIE
SPÄT
IST ES?

HARADA
SCHLÄFT?!

WAS?!

08:20

OH, UND HAT EINEN BART-SCHATTEN!

ER SIEHT ENTSPANNT AUS.

WIE SÜSS ...

HE HE ...

JETZT BIN ICH WACH ...

WAS JETZT?

HM ...

NA GUT.

ICH HAB DURST.

MEINE KEHLE IST GANZ TROCKEN.

JA, EUTE IST WIRKLICH ROSTIG.

GEHT HARADA IMMER BEI DER KÄLTE RAUS?

BRR!

DA WIRD MAN JA ZUM EISZAPFEN.

DOMP

BRR, KALT.

ICH HÄTTE NOCH WAS ÜBERZIEHEN SOLLEN.

AH!

ES IST MÜLLTAG.

HM?

PLING

ES TAT IHR LEID, DASS DU SO LANGE ...

SIE SAGTE, DU SEIST JA EIN LANGJÄHRIGER UND ZUVERLÄSSIGER MIETER. DA GINGE DAS UNTER DER HAND SCHON IN ORDNUNG.

... AUF DIE ANTWORT WARTEN MUSSTEST.

UM WAS GEHTS DENN?

DU BIST DER JUNGE, DER BEI HERRN HARADA WOHNT, RICHTIG?

NA, DU BIST JA EIN HÜBSCHER BURSCHE.

W... WER SIND SIE?

DIE VERMIETERIN.

GUTEN MORGEN.

SCHRECK

IN ORDNUNG?

SAG IHM BITTE, ES IST IN ORDNUNG.

HERR HARADA HAT MICH NEULICH ETWAS GEFRAGT.

ACH JA ...

LOS, AN DIE ARBEIT. WIR MACHEN BALD AUF.

DA BIN ICH ABER ERLEICHTERT.

UFF...

YOKO IST DEIN HAMSTER.

OKIDOKI!

ER MUSS MICH DOCH KENNEN.

SO WAS.

ICH WAR MIR SICHER, DU HÄTTEST DAS SCHON VON IRGENDWEM GEHÖRT.

KNURPS

KNURPS

DU HAST ES MIR NIE GESAGT.

ICH WUNDERE MICH, DASS DU DAS NICHT WUSSTEST.

DOMP

GEHT DAS WIEDER LOS?

DAS WAR GANZ LIEB GEMEINT.

MENNO!

RED KEINEN BLÖDSINN, MACH DICH LIEBER AN DIE ARBEIT.

TOMP

STOMP

BIN NUR ERLEICHTERT.

ACH.

WAS LACHST DU?

HM?

HE HE...

HA HA...

HÖR ZU...

LASS UNS NACHHER ZU HAUSE SEX HABEN. ♥

GUT GEMACHT, YUMA!

WINSEL

KLAMMER

IHR ... ZWEI?!

KLAMMER

UUUUU ...

WINSEL

ZUM GLÜCK WAREN VIELE STAMMGÄSTE DA, DIE DIE LAGE NOCH IRGENDWIE GERETTET HABEN.

FÜHR DICH NICHT AUF WIE IN EINER SEIFENOPER!

WIE?

WAS GEHT AB?

HEY!

WAS SOLLTE DAS?!

ÄH ...

ICH WAR EINFACH SO GENERVT.

GENERVT? JETZT HÖR MAL ZU ...

DU GLAUBST ...

... ICH WÜRDE IMMER NUR SO DAHERREDEN.

UGH ...

SCHLUCK

DU HAST DOCH SELBST SO KOMISCH GEGUCKT.

EINES TAGES HABEN MEINE ELTERN MICH VOR DIE TÜR GESETZT.

DANN HAST DU MICH AUFGELESEN.

TROTZDEM WOLLTE ICH IMMER NOCH NICHT ARBEITEN.

WAS ...?

TUST DU DOCH AUCH.

WEISST DU, ICH KOMM AUS EINER ZIEMLICH WOHLHABENDEN FAMILIE.

MEINE ELTERN WAREN SEHR NACHSICHTIG MIT MIR, ICH HAB IMMER NUR PLANLOS RUMGEDÖDELT.

DABEI ...

... LIEBE ICH DICH, HARADA.

DU KANNST GUT KOCHEN, DEINE WOHNUNG IST ORDENTLICH – ICH KAM MIR VOR WIE DER REINSTE GLÜCKSPILZ.

ALLE HIELTEN MICH FÜR EINEN NICHTSNUTZ UND HABEN SICH ÜBER MICH LUSTIG GEMACHT.

WIE BITTE?

DU BIST UNHEIMLICH COO? UND KOMPETENT UND ECHT SÜSS?

AM ANFANG GING MIR DAS TOTAL GEGEN DEN STRICH. ABER ICH WAR SO HAPPY, WENN DU MICH GELOBT HAST.

SCHLIESSL? HAST DU MI? HIER ARBEIT? LASSEN.

HARADA ...

BESSER GESAGT, ICH HAB MICH UNHEIMLICH GEFREUT, WENN DU DICH GEFREUT HAST.

TAPP

GEHT
KLAR.

HA
HA!

JETZT
WASCH DIR
SCHNELL DAS
GESICHT.

SCHNAUZE.
IDIOT.

GRINS

HE HE
HE ...

DAS SAGST
DU SO, ABER
TROTZDEM
SCHMEISST
DU MICH NICHT
RAUS.

WAS
IST?

...

LINS

WARST DU EINKAUFEN?

HALLO, HARADA.

JA.

DRAUSSEN TRIFFT MAN DICH SELTEN.

RASCHEL

AH, DA IST SHUN.

UND NIRAYAMA

OH, WIE SCHÖN FÜR DICH.

NACH DER LETZTEN RUNDE SIND ALLE GEGANGEN.

FÜR DIE BAR WENI-GER.

FÜR MICH SCHON.

NA JA.

MORGEN IST RUHETAG, DA WOLLTE ICH AUF DEM HEIMWEG NOCH EIN PAAR SACHEN BESORGEN.

ICH HAB DIE BAR HEUTE FRÜHER GESCHLOS-SEN.

RASCHEL

RASCHEL

NA, SO WAS.

TAPP

TAPP

TAPP

WO IST DENN YUMA WENN DIE BAR SCHON ZU IST?

ACH, DER IST ...

HARADA!

WAS HAST DU GEKAUFT?

HALLO.

HALLO.

IHR SEID DIE BEKANNTEN VON HARADA.

AH!

RASCHEL

WÜHL

RASCHEL

HM? ÄHM ...

NA?

WART IHR AUF EINEM DATE?

?!

ICH GLAUB, WIR HATTEN ZWAR NOCH WELCHE, ABER DA MORGEN UNSER FREIER TAG IST ...

TADA!

GRINS

GRINS

... DACHTE ICH, ES SCHADET NIE, WELCHE DAZUHABEN.

KONDOME

NACHWORT

HALLO, ICH BIN NAYUTA NAGO.

IHR HALTET MEINEN ALLERERSTEN MANGA IN DEN HÄNDEN. ES FÜHLT SICH NOCH GAR NICHT REAL AN, DASS ER TATSÄCHLICH ERSCHIENEN IST. ICH KANN ES IMMER NOCH KAUM GLAUBEN.

BEI DER ARBEIT MERKE ICH, WIE SCHWIERIG ES IST, MANGA ZU ZEICHNEN, UND WERDE MIR MEINER MANGELNDEN FÄHIGKEITEN SCHMERZLICH BEWUSST. ABER ICH BIN SCHON GLÜCKLICH, WENN DAS BUCH ALLEN, DIE ES LESEN, EIN BISSCHEN FREUDE MACHT.

GANZ HERZLICHEN DANK AN DEN VERLAG UND DIE GANZE REDAKTION VON LIQULLE, DIE GRAFIKABTEILUNG UND ALLE ANDEREN, DIE AN DER ENTSTEHUNG DIESES BUCHS BETEILIGT WAREN. UND NATÜRLICH AN ALLE, DIE DIESES BUCH GELESEN HABEN!

Nago

Boys Love

Mochiko Zunda
2ND VIRGIN

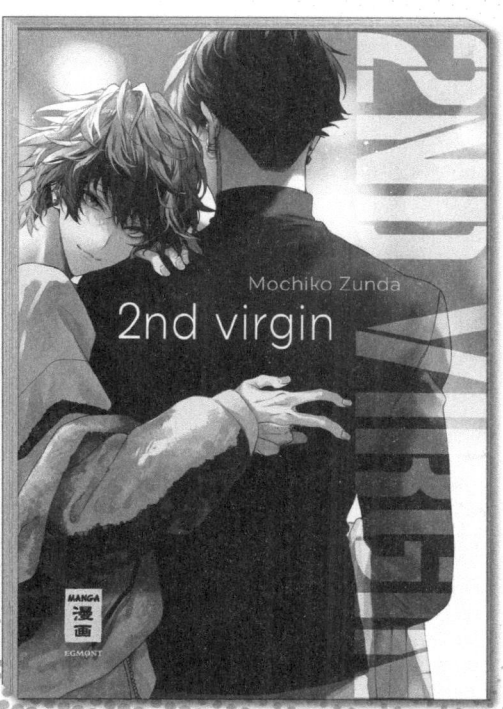

So hatte sich Chiaki das nicht vorgestellt ... Gleich nach seinem ersten Mal Sex mit seinem Freund bezeichnet dieser ihn quasi als unfähig und lässt ihn einfach sitzen. Total frustriert betrinkt sich Chiaki und trifft eine folgenschwere Entscheidung: Er bewirbt sich als Darsteller in einem Gay-Porn-Film!

2nd Virgin
Einzelband ISBN 978-3-7555-0193-0
€ 9,00 [D]

MANGA
漫画

EGMONT

Boys Love

Ito Nonomiya
BAREFOOT ANGEL

Eines Tages trifft der Schuhmacher Turner einen mysteriösen jungen Mann im Park. Mitten im Winter sitzt er zusammengekauert auf einer Bank – in dünner Kleidung und barfuß! Die Situation wird noch rätselhafter, als sich der Fremde als „gefallener Engel" vorstellt. Doch Turners Neugier ist geweckt. Er lädt den jungen Mann zu sich nach Hause ein und will ihm sogar Schuhe anfertigen!

Barefoot Angel
Einzelband ISBN 978-3-7555-0054-4
€ 8,00 [D]

MANGA
漫画

www.egmont-manga.de

EGMONT

Uni Yamasaki
CLOSE TO YOUR SKIN

UNI YAMASAKI

Der zurückhaltende Student Yoji will ein Cosplay nähen lassen. Hierfür fragt er keinen geringeren als den attraktiven Design-Studenten Toma. Dieser willigt direkt ein und verlangt als Gegenzug lediglich, dass Yoji für ihn als Model herhält. Doch der Modeljob entpuppt sich anders, als gedacht, denn Yojis Körper scheint wie geschaffen, für Tomas ungewöhnliche Vorliebe...

Close to your Skin
Einzelband ISBN 978-3-7704-4249-2
€ 7,50 [D]

MANGA
漫
画

EGMONT

Boys Love

Kyoko Aiba
DERAIL

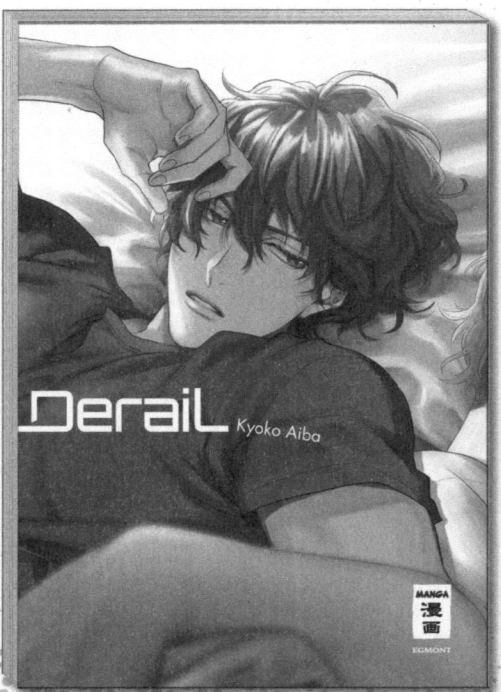

Seit ihrer Kindheit sind Haru und Hikaru unzertrennlich – immer wieder finden sie Wege, weiterhin eine Rolle im Leben des anderen zu spielen. Nun leben die beiden zusammen in einer WG und die Stimmung kippt. Denn Hikaru bringt plötzlich ein Mädchen mit in die gemeinsame Wohnung und die Emotionen kochen über ...

Derail
Einzelband ISBN 978-3-7704-4327-7
€ 7,50 [D]

EGMONT

Boys Love

Mayo Tsurukame
EIN PERFEKTER ANTRAG

Hirokuni steht kurz vor einem Zusammenbruch. Sein tyrannischer Boss und das massive Arbeitspensum haben ihn ausgebrannt. In dieser schweren Lebensphase trifft er nach 12 Jahren Kai wieder – seinen Kindheitsfreund, auf den er manchmal aufgepasst hatte. Kai sitzt seit Kurzem auf der Straße, weshalb Hirokuni ihn spontan bei sich einziehen lässt…

Ein perfekter Antrag
Einzelband ISBN 978-3-7704-4334-5
€ 8,00 [D]

MANGA
漫
画

EGMONT

Boys Love

Ogeretsu Tanaka
HAPPY OF THE END

Als Chihiro zu sich kommt, ist er in einem erbärmlichen Zustand. Langsam realisiert er, dass er auf einer Müllhalde aufgewacht ist. Wie kommt er hierher und wer ist dieser Mann mit dem seltsamen Lächeln, der auf ihn herabblickt ...?

Happy of the End 01
ISBN 978-3-7704-4385-7
€ 8,50 [D]

EGMONT

An Momose

I CAN'T STAND BEING YOUR CHILDHOOD FRIEND

Boys Love

Aoi und Ryota sind seit dem Kindergarten unzertrennlich. Jahre später teilen die beiden sogar ein Apartment. Doch während sich Aoi fröhlich ins Studentenleben stürzt, nimmt Ryota nur an Unternehmungen teil, solange sein Mitbewohner auch dabei ist. Bisher hatte Aoi angenommen, dass diese Zuneigung rein freundschaftlich sei, doch plötzlich liegen die beiden zusammen auf einem Bett, ihre Gesichter nur eine handbreit voneinander entfernt. Will Ryota etwa mehr?

I can't stand being your Childhood Friend
Band 1 ISBN 978-3-7555-0058-2
€ 8,00 [D]

MANGA
漫画

EGMONT

www.egmont-manga.de
Unsere Bücher findest du im
Buch- und Fachhandel und auf

www.egmont-shop.de

Die Egmont Verlagsgesellschaften gehören als Teil der Egmont-Gruppe zur
Egmont Foundation – einer gemeinnützigen Stiftung, deren Ziel es ist, die sozialen,
kulturellen und gesundheitlichen Lebensumstände von Kindern und Jugendlichen zu
verbessern. Weitere ausführliche Informationen zur Egmont Foundation unter
www.egmont.com

SUTOPPU!

Koko wa kono manga no owari dayo.
Hantaigawa kara yomihajimete ne!
Dewa omatase shimashita!
Tanoshii hitotoki wo dozo!

Egmont-Manga-Chiimu

AF216949

STOPP!

Das ist der Schluss des Mangas.
Fangt bitte am anderen Ende an!
Und nun genug der Vorrede,
viel Spaß beim Lesen!

Euer Egmont-Manga-Team